청어詩人選 275

살다 보니 알겠더라

나광호 제5시집

청어

시인의 말

감동을 주는 글을 쓰기란 참으로 쉽지 않은 일이다. 그런데도 작가는 글을 쓰는 고행을 계속한다. 문인삼락(文人三樂)이 있기 때문이다. 첫째는 글을 쓰는 성취감이요. 둘째는 책을 출판하는 일이고, 셋째는 독자를 만나는 즐거움이 있기 때문이다.

다섯 번째 시집을 출간하게 되었다. 살다 보니 알게 되는 경험을 많이 썼다. 독자와의 어떤 공감으로 소통하게 될지 미지수이지만, 작은 감동이나마 함께 할 수 있는 계기가 되기를 소망한다.

살다 보니 알겠더라 인생이라는 걸
살다 보니 알겠더라 사는 이유가 뭔지
철부지로 겁 없는 세상 살아도 봤고
바보처럼 잘난 체하다 망신도 당해봤지
폭풍우 휘몰아칠 때 파도에 떠밀려서
난파선을 붙잡고 여기까지 살아왔는데
살다 보니 알겠더라 인생이라는 걸
강물처럼 흘러가는 상선약수라는 것을
살다 보면 알겠더라 사는 이유가 뭔지
세상의 제일은 사랑, 소망, 믿음이라는 것을

－2021년 신축년 새해 아침에

차례

제1부 어부의 일생

제2부 섬 혹은 옛 섬

제3부 동백꽃 지는 날

제1부

어부의 일생

.

눈이 오는 날은
마음 한곳 켜켜이 쌓인 추억이
잠에서 깨어나
먼먼 뒤안길을 되돌아보게 되는데
어린 시절 풍상이
동심원으로 그려진다

시인의 아내

삼십 년 동안 가사 일만 하던 아내가
뒤늦게 국가자격증을 딴다고 객기부린다
애옥살이가 시인의 무능함 탓이려니
그 애증이 달팽이관에 비수로 꽂히고

찜통 가마솥 열대야의 밤
환갑을 지난 나이가 무색할 지경인데
자격증취득이 궁여지책이었다니
탄복이 절로 날 수밖에

생활비 벌성싶어 급하게 문고로 가서
요모조모 살펴보고 예상문제지를 샀다
그리고 문학 코너 간이의자에 앉아
지인의 신간을 읽었다

너무 난해한 시들의 집합일까,
죽은 문학의 사회일까,
한나절 시집을 읽고 있었는데
시집을 찾는 독자가 없다
시의 가치가 땅에 떨어져 있으니

독자와 단절된 암울한 문학의 현실에서
시인의 아내로 살아온 그 사람 보기 참 딱하여
왜? 시를 쓰는지 물끄러미 생각만 하다가
늘어지는 한숨을 쉬고 말았다

간절한 관문

불확실한 현실이 낙엽처럼 쌓인다
낙엽을 쓸어내기 위해
활시위를 당긴다
문창살로 짜 맞춘 활자가
고시 날이 다가오면
바람이 불고 받침이 떨어지고
머릿속은 온통 까막눈이 되었다
운(運)에 맡기고 방점을 찍는다
바늘귀처럼 좁아진 관문
낙타 몸이 된 현실이 근심되고
노력의 시간이 헛됨을 후회하고
도전을 기다려야 하는 중압감이 밀려들기에
활시위를 당겨야 할지 놓아야 할지
너 자신을 알라는 성인의 말씀이 귀재었다
그런데도 사람들은
이순을 넘긴 나이에 도전하는 것이
석양처럼 아름다운 용기라고 말하였다

춘설(春雪)의 서정

아침에 눈을 뜨니 흰 눈이 소복소복
철 지난 봄눈이다
눈이 올 때는 나이를 잊는다
마음속에 그린 동심원이 순백이었다
그래서일까?
문득 혼잣말로 어디론가 훌쩍
떠나보고 싶다고 하였다
눈이 오는 날은
마음 한곳 켜켜이 쌓인 추억이
잠에서 깨어나
먼먼 뒤안길을 되돌아보게 되는데
어린 시절 풍상이
동심원으로 그려진다
그래서 사람들은 추억을 먹고 살아야 하는
고등동물이란 생각을 하게 되고,
눈이 펄펄 내리는 날은
옷소매에 묻은 코딱지 추억이
아랫목처럼 따뜻해지는 것은
추억들이 눈이 되어 내리기 때문이다

머루포도 사랑

검은머리 물떼새가 앉아 있었다

십년 전 큰집으로 이사 올 때
부자가 되라고 받은 머루포도 그림이
주방에 걸려있는 모습이었다

추석명절 즈음에 머루포도를 샀다
한 상자는 포도주를 담고
또 한 상자는 우리 가족이 먹고
나머지는 고마운 분들에게 선물을 했다

포도를 입에 넣고 깨무는데 촉촉이 젖는 머루향이
오래전 이맘때쯤 꿈을 찾아 떠난
그 사람 향기처럼 촉촉하였다

짙은 머루향이 세상을 돌아보게 한다
신세 진 은덕 잊지 말라고
머루포도가 먼저 앞장을 섰다

새벽이 오면 주방에선
밥 짓는 소리
포도 익는 소리
짜글짜글 들려오고
무정한 세월에 변한 건 세상이지만
정년 변하지 않는 건 옛 추억뿐이다

물떼새는 날아가고 머루포도 사랑이
한 조각 햇볕 속에서 익어간다

봄이 오는 길목에 서성이면

봄이 오는 길목에 서성이면
어디쯤에서 봄이 오는지 알 수 있다
해당화 피는 섬마을엔
밀물 들 때 물비늘 반짝이며
수평선 너머에서 파도를 타고
고깃배가 항구로 돌아오면
어느샌가 봄이 따라온다

봄이 오는 길목에 서성이면
봄이 오는 소리 들을 수 있다
선창가 포장마차에서
소주 한잔 기울이고
갈매기 끼룩끼룩 날면
연분홍 치맛자락 사부작사부작
연인들 속삭임에서 봄이 오는 소리 듣고

봄이 오는 길목에 서성이면
싱그러운 봄 향기 맡을 수 있다
모시조개 새조개 가리비 바지락,
붉게 타는 포장마차 화덕에서
침을 질질 입을 쩍 벌리면
술잔 위로 봄 향기 날아들고

봄이 오는 길목에 서성이면
옛사랑이
동백꽃처럼 붉게 타올라
그리움을 찾을 수 있다
아지랑이처럼 빙글빙글 피어난다

외돌개

서귀포 앞바다에 어부가 살았다는 전설이 있다
수평선 너머로 고기잡이 떠난 지도 몇 해
아무런 전차도 없고
할망은 그저 수평선만 바라보고
거센 파도 폭풍우에도 아랑곳하지 않는다

애타는 할망 숨결이 끊어지고
미동도 없는 기다림이
슬픈 전설을 낳은 외돌개

짙은 안개비 찾아와 가끔씩
슬픔을 씻어주지만
차곡차곡 쌓이는 할망의 그리움은
망부석이 되어
하르망을 기다린다
서귀포 앞바다를 초병처럼 지키고 서 있다

바보들 섬이라고 부르는 영산도

영산도를 바보들 섬이라고 불렀다 전라남도 신안군 흑산면 영산길21번지, 23가구가 옹기종기 바다를 끼고 살아가고 있다 반상회가 있는 날 마을회관에서 이장 최씨는 국립수산과학원이 연구 조사한 어류실태를 보고했다 우리 섬 앞바다는 이미 자원이 고갈되었고 씨알이 작아서 보존할 필요가 있다는 좋지 않은 소식이었다 생계가 어려워지는 것을 알면서도 주민들은 한마음 한뜻으로 해양휴식년제를 의결하였다 어려운 결정으로 3년을 기다려야 했고 그런 연유로 육지에서나 인근의 다른 섬에서나 영산도는 자본을 포기한 바보들 섬이라고 불렀다.

휴식년제가 끝나고 주민들은 힘들게 내린 결정이 옳았음을 알게 되었다 대왕 홍합의 우수성이 알려졌고 바닷속에는 주먹 크기의 대왕홍합이 포도송이처럼 주렁주렁 매달려 있기 때문이다 대왕홍합을 채취하기로 한 날 주민 모두는 바다로 나갔다 입동을 앞둔 차가운 바닷물이 주민들에게는 시려하지 않았다 가계자본이 배가로 늘어난 행복한 어촌 영산도, 부모들은 도시로 나간 자식들에게 대왕홍합을 보내줄 수 있는 행복을 얻었다 선물을 받아든 며느리 시어머니 사랑에 감복을 할테지, 영산도는 바보들 섬이 아닌 지혜의 섬이 되었다 오래된 고정관념을 섬 주민들이 깨트렸기 때문이다 겉만 보고 결과를 판단하는 우(愚)를 경계하고자 하는 지혜를 영산도는 보여주었다.

적멸보궁에서 내안의 부처를 찾다

기원전 500년 부다가야 보리수나무 밑에서
"아뇩다라삼 막삼보리" 법문을 낭송한다

보리수 꽃피는 날
지혜가 피어나듯 아지랑이가 피고
부처를 찾아 산을 오른다

상원사 약수로 갈증을 풀고
천년세월 견뎌온 적멸보궁을 찾았다
살아 천년 죽어 천년 영산의 주목(朱木)이
시위부령이 되어 적멸보궁을 호위하고 있다

이끼 낀 마애불탑은
불자의 한숨을 깊게 하고
"아뇩다라삼 막삼보리" 자비를 구하노니
부처님 설법이 사방팔방 포교 되나니

마음속 업보를 합장하고
삼라만상 꽃이 필 수 있도록 자비를 빌었다
"아뇩다라삼 막삼보리"
적멸의 법계에 따라 낭송을 하고 나니
내안의 부처를 찾은 듯 기쁨으로 다가온다

상원사 약수 세세생생 만대에
중생들 갈증을 보시하는 넉넉함을 보았다

검은머리 물떼새

금강 하류 한 섬에 검은머리 물떼새 날아오른다.
부리, 눈, 다리가 붉고
검은머리 흰 몸통의 조화가 삼색제비꽃 보듯
아름다운 비행이다
먼발치에서 보면 검은 턱시도를 입은
멋쟁이 신사 닮았다
서해 뱃길 30리 여객선 선상 위로
검은머리 물떼새 편대비행을 한다
예식장 가는 하객들 옷차림처럼
단정하고 우아하다
두 손 모아 간절한 기도
천연기념물 족보를 가진 텃새이기에
서해 뱃길 무사 안녕을 빌듯
종족 번식 영원하길
염원하는 마음 깊어진다

예수님 말씀

　어떤 사람이 예루살렘에서 여리고로 내려가고 있었다 그런데 도중에서 강도를 만났다 강도들은 이 사람의 옷을 벗기고 때려서 거의 죽은 채로 버려두고 갔다 마침내 한 제사장이 그 길을 내려가다가 그 사람을 보고는 길 반대편으로 피해서 지나갔다 어떤 레위인도 그 곳에 와서 그 사람을 보고는 길 반대편으로 피해서 지나갔다 이번에는 어떤 사마리아 사람이 그 길을 여행하다가 그가 있는 곳에 이르렀다 사마리아 사람이 그를 보고 불쌍하게 여겼다 그래서 그 사람에게로 가서 그의 상처에 올리브기름과 포도주를 붓고 붕대로 감쌌다 그리고는 그를 자기의 짐승에 태우고 여관으로 데리고 가서 그를 정성껏 보살펴 주었다 다음날 그는 은화 두 개를 여관주인에게 주면서 말했다 "이 사람을 잘 보살펴 주세요, 만약에 돈이 더 들게 된다면 내가 돌아올 때 갚겠습니다."

　"너는 이 세 사람 중에 누가 강도를 만난자의 이웃이라고 생각하느냐?" 율법학자가 대답했습니다 그에게 자비를 베풀어 준 사람입니다. 그러자 예수께서 그에게 말씀 하셨습니다 "가서 똑같이 하여라."

* 누가복음10장, 30~37절

임영대군의 숨결

오후 한낮 바람의 전갈을 듣고
모락산에 올라
수직 절벽 암릉을 내려다본다
한쪽 가슴을 잃은 듯 처연해지는 것은
요순시대 낙양 땅
태평성대 꿈꾸던
임영대군 넋이 살아나기 때문이다

속절없는 시절 세검정에서
버선발을 씻던 맑은 북악 수는
계유정난 칼춤에
핏빛 도랑물 되었고
임영대군 효우(孝友)를 뒤로한 채
평화를 사랑하는 애민이 되어
오십 리 밖 모락산을 품에 앉았다

끝내 이루지 못한 회한은 전설을 낳고

휑한 나뭇가지 사이로 불어오는 바람을 쫓아
암벽에 걸터앉아 있노라면
암벽에 뿌리내린 청솔가지에서
임영의 혼이 아롱거리는 듯
한 맺힌 비파소리 같은 숨결을 느낀다

하루의 행복

가보정(家寶庭)에서 점심식사를 하였다
본관부터 3관까지 있는 큰 규모의 가든 인데
갈비 맛을 보려면 예약이 필수인
수원 갈비 명가였다
'맛깔스런 경기 으뜸 음식점'
출입문에 떡하니 광고하는 우수상표가
갈비 맛의 보증수표가 되어
고객들의 무한신뢰를 받고 있다
그런 믿음과 평판이
지역경제에 밑알이 되어주기에
가보정에서 수원갈비를 먹는 맛은
하루의 행복이 되고 남는다

갈대 게송(偈頌)

태양이 길을 가다 눈구름 속에 빠져버리면
졸은 듯이 잠시 머무르는 순간들이
너른 들녘을 스산하게 만든다
바람에 구름 가듯 구름을 벗어난 태양
강변의 얼음물 녹이고 생명을 싹틔운다
스산하던 겨울은 저만치 물러가고
환한 봄볕 속으로 초록물결 출렁이고

갈대밭에 모여드는 왜가리 개개비들
풀잎 엉그는 갈대숲에 둥지를 틀고
가을 하늘 기러기 날면 홰치듯 날아오른다
인생은 윤회이고 만남은 인연인즉
하얀 고깔모자를 쓰고 부르는 갈대의 게송
가을 들녘에서 부르는 찬미의 찬가여
세세생생 공덕을 기리는 노래
가을날에 부르는 갈대의 게송이었다

* 부처님의 공덕을 찬미하는 노래

비련 되어

세실 꽃바람
길모퉁이 돌아가면
왕 벚꽃 나무는 옛사랑 추억을
꽃비로 내려줍니다

다정한 연인들 나란히 정답게
손에 손을 잡고
꽃비 속을 거닐고

달빛을 지워놓은
사월의 그믐밤에
안녕이란 말을 하고 떠난 당신은
꽃비가 그립지 않은지 묻고 싶네요

세실 꽃바람 부는 날
선탠로드 거리에서 나는
옛사랑이 그리워서 웁니다
비련 되어

쇠뿔바위봉

쇠뿔바위가 산악인을 부른다
피 멍이 든 가을날의 붉은 상처는
산곡을 드리운 아침운무에 씻기어
입새에 이는 작은 바람에 지고

바람의 언덕 고갯마루 올라서면
이름 모를 봉분하나 풀 한 포기도 없이
허물어진 황량한 모습으로 쓸쓸히 잠들었다
내세에서 흠향하시라는 마음에서
배낭 속 음식으로 산악인의 정성을 예하고

쇠뿔바위봉 내려가는 석재길
돌부리 사이사이로 매서운 바람 불어와
수십 길 낭떠러지가 오금을 저리게 하고
자잘한 석재들이 발목을 잡는다

쇠뿔바위에서 보는 세상은 천국
잠시지만 천국에 왔다는 생각을 하면
행복이 그만 절로절로
누군가 왜 산을 오르는가? 묻는다면
대답은 여기 와있는 마음이라 할 것이다

쇠뿔바위가 마을의 수호신이 된 청림마을
소의 근성은 우직하고 근면함인데
청림마을 풍요로운 모습은
소의 근성이 이심전심 통하는 마음 같았다

정화(淨化)

마대봉에서 김삿갓 은둔지 가는 산행길
겨우살이 군락이 발길을 붙잡는다
차(茶)가 면역력이 좋다는 말에
욕심이 많아지고 손길은 닿지 않고
닭 쫓던 개 신세 허공을 쳐다본다

배틀재 서리가 상고대로 피어났다
순백의 꽃들이 노고의 대가이려니
안개꽃 무리에 갓 피어난
백합꽃 같은 순진무구
피안에 들고

산 아래는 김삿갓 은둔지
조부를 욕했던 절개가
평생 동안 업보가 되어
세상을 떠돌이 했던 난고(蘭皐)의 운명
시 한 수에 마음을 정화하고

삿갓 쓰고 죽창 들고
김삿갓 행세를 갖춰보니
인간사 하수상 함에
삿갓이 두려워지고
난고의 깊은 뜻을 다시 한번 새겨보는데
순백의 상고대 꽃들이 눈앞에 아리다

나의 표상

저녁 9시
열평자리 잡화점 장사마무리 하고
운동복 갈아입고 도보를 한다
밤바람 소슬하게 옷깃으로 스며들고
동쪽으로 오리쯤 산사 불곰 자리엔
별들이 펼쳐진다
초록 별빛이 속삭이고
네 별 내별
하늘의 별을 세노라면
풍경소리 듣게 되어 바람의 인기척을 알고
계곡 사이로 소쩍새 울음이 흘러내리면
가랑잎 한입 두입 떨어진다
어린 추억들 성그레 떠오르고
몽니를 받아주시던 어머니 얼굴이
나뭇가지에 걸린 하현달처럼
눈에 선 하다
밤의 고요를 깨는 소쩍새 전설은
어린 날의 표상이었다

입파도 홍암

화성시 우정읍 국화리 서해바다
하얀 등대를 품은 섬 입파도
서해도선 뱃길 40리
붉은 괴석 홍암을 보러 가는 사구에
통보리사초 갯메꽃 갯쇄보리가
전흔에 나뒹구는 철모처럼 여기저기 흩어져
하얀 등대로 손을 뻗치고 있다
병참 군이 올 때까지
빈 영양에도 빈 수분에도 생명의 끈을
바닷바람이 질기게 했다
파도 소리 쫓아서 홍암으로 간다
절벽으로 해송이 외줄을 타고
해송 위로 흰갈매기 넘나드는
붉게 물드는 입파도 홍암
화성 팔경 한 풍경이
바다의 교향악을 연주하듯 보였다

어부의 일생

통보리사초 갈기 피는
모래톱 섬마을에
그물을 훼치고
바다 낚는 노부부는
붉은 석양 노을빛에 날씨를 점괘본다

서쪽 하늘 별이 졸고
달빛 잠잠할 때
갈매기 잠못드는 꼭두새벽 일어나
집어등 환히 밝히고 고기잡이 나선다

새벽이 밝아지면
어획량에 한숨 쉬고
그런데도 어부는 천직이라 여기노니
바다를 고향이라고 뼈를 묻는 어부의 일생

소사나무

영흥도 섬주민은
풍년농사 지으려고
십리포 백사장에 소사나무 심었다
연록의 둥근 잎이
바람 숲을 만들고

모양새는 구불구불
뒤틀리고 배틀리고
척박한 땅 뿌리내린 고사목의 질긴 생명
그늘 바람 함께 어울려
피서객을 부른다

영흥도 동쪽바닷가
섬마을 십리포는
사시사철 북적이는 피서객 세상낙원
해변의 그로테스크
소사나무가 연출을 한다

요즈음 백령도

인천항 연안부두에서 뱃길 4시간
오백칠십 리 쯤 가면 서해바다 최북단에
수호신처럼 떠 있는 외딴섬
백령도에 닿는다
바다 너머로 장산곶이 검게 보이고
분단의 아픈 동족의 슬픔이
인당수를 건너
소리 없는 총성으로 들려오고

범피중류(泛彼中流) 인당수 삼백 석 공양미는
제수로 몸을 받친 어린 심청 몸값인데
효심은 아랑곳없이
돈에 눈먼 중국어선들 떼를 지어
씨알꽃게마저 싹쓸이하고 있다
국력은 힘이고 평화도 힘인데
힘이 없는 요즈음 백령도는
공허한 메아리만 인당수에 흐르고 있다

작은 만족

갯바위로 나가 굴을 따서
양념에 잘 버무리면
어리어리 서산명물 어리굴젓이 된다

바다가 그립고 마음이 울적하면
작은 만족으로
알싸한 어리굴젓 밥 한 공기 비우는
천수만으로 간다

그곳에 가면
파도가 버무리고 달빛이 상을 차린 굴밥을 판다
어리굴젓에 밥 한 그릇 뚝딱 비우고

무학대사 득도한 간월암으로 가면
대웅전 앞 사철나무에 걸린 상현달이
오늘 하루 즐거웠냐고 물어본다

무학대사 선문답하듯
나는 이만하면 그만이라고 대답하였다

아름다운 마음

만물의 빛이 되어주고
생명의 빛이 되어주는
태양이
일몰 때가 되면 석양을 붉게 물들이는 것은
바다가 포용해주는 마음이 감사해서
홍조를 띠고 있는 얼굴모습입니다

일출 때 바다가 붉게 타는 것은
영하의 세상에 체온을 불어넣는
태양의 열정을
바다에 전해주는 태양의 편지입니다

그래서 일몰 때나 일출 때나 태양은
세상을 황홀하고
아름답게 만들어 주는데

바다와 태양은 서로가 상통하는
아름다운 마음이 있어서 그러하답니다

제2부

섬 혹은 옛 섬

지난 봄날 섬진강변 천 리 밖에서
작은 정원으로 이사 온 천리향
꽃 몽우리를 열고
지난가을 길가에 떨어졌던 씨앗이
베란다에서 생명을 잉태했다

아기처럼

파도가
쉼 없이
철썩거리고

고비사막 바람 불어와
윙윙 소리 내 우는 것은

그들도
사람 사는 세상이 그리워
아기처럼
옹알이를 하는 것이다

가파도 힐링

봄바람과 연초록이
풍경화를 그리는 섬
스펙터클한
사월의 청보리가
비취 물결로 섬 바다를 이룬다

청보리가 바다인지 바다가 청보리인지
하늘마저 청색이니 에메랄드빛 초록세상

심신이 피곤할 때 가파도로 오시라
힐링의 초록 물결 바다 봄 하늘이
그대 마음에 평안을 안겨주리니

우도에 가면

우도에 가면
워낭소리 지척인 줄 알았는데

소들은 간데없고
소라가 들려주는

일출봉 유채꽃 노래를
바람결에 듣는다

우도에 가면
돌담 너머로
바다가 보이고

하늘이 바다이고
바다가 하늘이 되는

수평선 너머에서
한 망태의 별을 주워 담을 수 있다

수평선

바다와 하늘이 맞닿은 가슴라인
수평선이다
마음과 마음으로 소통하는
하늘이 뿌리를 내리는 곳

이해와 관용을 수평선에 올려놓는다
그리고는
가슴과 가슴으로 서로를 맞대면
시기 질투 이기심 같은 것 사라지고
서로를 존중하는 아름다움이 서리는 곳

수평선
높낮이 없는 하늘과 바다가 맞닿은 선
그래서 가장 높은 하나님의 하늘도
가장 낮은 미물에 마음을 둔다

수평선
다가갈수록 멀어지고 돌아올수록 변함없는
차별을 원치 않는
인생사 기준이 되는 평등의 선

대리만족

삼십년 동안 천직으로 알고
바다로 나간 어부는

너울성 파도에
도다리는 못 잡고

귀하게 그물에 걸려든
털게를 보고

마냥 허탈하게 웃었다

유년시절

나의 유년시절 아버진 바다에 뼈를 묻고
가뭄에 콩 나듯이 듬성듬성 집에 오셨다
노인과 바다가 항구에 닿는 날
상어 떼와 사투를 벌인 옛이야기는
나의 유년시절 배부른 포만감 되었고

아버지의 배 노동은 자본을 얻고
고래고기 사 오셨는데
그래도 부유한 집 아들이라서
열두 고기 맛을 보는 특권은
한 시절 배고픔을 잊는 행복이었지만
그 시절의 고을은 여기저기서
두견새가 꽤나 울기도 했다

군대동기

신도시로 개발되기 전 다대포구엔
돌담을 쌓아 올린 골목길 있었다
골목 안쪽 구불구불 돌아서 가면
빨간 기와 파란 양철 대문이 있는
돌담으로 둘러쳐진 집이
나의 군대동기 정병장 집이었다

제대 후 친구가 그리워 찾아갔던 날
아버지와 함께 고기잡이 나가고 없어
나는 그리움만 남긴 채 돌아서 왔다

자갈치시장에서 뱃고동이 울리고
구덕체육관 돌아 학교로 가는데
우연히 노상에서 그 친구 만났다
반가움에 부둥켜안고
술 한잔하러 자갈치시장으로 갔는데

수족관에서 파닥거리는 등 푸른 생선들이
군대시절 우리들 모습 같아서
그때 전우들 모습이 새록새록 떠올랐다

파도의 전생

파도의 전생은
해녀였을 것이다

미역과 다시마
어패류를

쉼 없이 쉼 없이
뭍으로 밀어내는 천성이
꼬~옥 그렇다

갯벌이 살아있다

해무가 먼 바다로
고깃배 따라가면

갯벌은 꿈속에서 민낯을 드러내고

보글보글 잠꼬대하며 깊은 잠에 빠져든다

햇살이 쭈빗쭈빗
방파제로 걸어오고

방게들이 부산하게 갯벌을 깨우면

갯벌은 덜 깬 잠으로
바지락을 키운다

삼길포에 가면

삼길포에 가면
파~란 하늘아래

배 띄우고 회를 써는 아낙들의 칼질에

선상의 기악협주곡 아리아를 듣는다

탁탁탁 탁탁탁탁
도마질의 반주에

갈매기는 끼룩끼룩
바다 위를 날~고

파도는
삼길포 노래를 철썩철썩 부른다

갯바위

갯바위
어머니 가슴이라 생각한다
홍합이랑 돌미역 거북손 석화를
파도에 젖을 물려
새끼처럼 키워주고

썰물 들어
바닷물이 먼 바다로 나가면
방게들 일광욕에
귀틀집이 분주해지고

저물녘 되어서 괭이갈매기가
젖은 날개를 접고
갯바위로 내려앉으면
엄마 품이 되어주는
갯바위

휴일

썰물 든 갯벌에
덩그마니 짝 잃은 고무신 한 짝
갯벌에 코를 처박고 주인을 기다리고 있다
한 짝은 어디로 갔지?
밀물 들 때 진흙 벌에 빠져 잃어버린 것일까?
근심으로 바라보고 서 있는데
방게가 들락날락 숨바꼭질한다
심통으로 고무신을 발로 툭 걷어찼는데
홍두깨처럼 놀란 방게들 혼비백산이다
시간이 늘어지고 더운 햇볕에
물질을 포기한 어선들이 비스듬히 눕고
갑판에서 갈매기 꾸벅꾸벅 조는 오후
항구는 한가로웁게 휴일을 보내고 있다

화성방조제

이것이 올곧은 삶의 방식인가
다양한 바이클 무한 속도 질주해도
차분한 평정심으로 흔들림이 없는 고요

화성방조제
삼십 리의 올곧은 직선의 방식이었다
돌아가면 한 시간 바로 가면 십분

느리게 사는 방식이
여유 있어 보이기도 하는데

직선의 화성방조제
느린 삶을 바쁘게 하고 있다

밤바다

파도가 옹알대는
어두운 밤바다
밤하늘 별들이 한 줌의 빛이 되고
밤을 잊은 어부들 그물을 던진다

서산으로 별이 지고
해오름 올 때까지 밤바다는
멍에 진 무거운 밤들을
별들과 속삭이고

태양이 한 끼 식사로
어둠을 베어 물고
흐물흐물 삼켜버리면

새벽 아침이 온다
어부는 별을 보내고
바다갈매기와 아침인사를 나눈다

섬 혹은 옛 섬

압해도는 섬인데 옛 섬이 아니로다
연락선이 뱃길로 다녀야
옛 섬이건만
연육교 압해대교엔 자동차가 달린다

선유도는 섬인데 옛 섬이라 말하리라
연락선이 파도를
헤쳐가야 닿는 섬
그러나 두 해만 지나면 연육교가 놓인다

섬이 좋을까 옛 섬이 좋을까?
문명의 편리함이 생활을 바꾸게 하지만
환경파괴의 종착역은
후손에게 짐을 지우는 형벌

섬은 자연 그대로 숨을 쉬어야 섬이다

별들의 고향

해진 밤 누각에서
먼들을 바라보면

별 하나 유성처럼
덤불속에 떨어진다

이슬방울처럼 영롱하게
별들이 반짝인다

하늘에는 별 하나
풀잎 위엔 별 둘

백사장에 함초롬히
달빛이 흐르면

모래알이 반짝이는
별들의 고향으로
나는 가리라

마법의 도시

수평선에 밤이 들면
별밤에서나 볼 수 있는 신대륙이
환하게 불을 밝힌다

빌딩처럼 높고 큰 화물선이
만들어 놓는 신대륙인데
신대륙은
파도가 똑딱거리는 시계추로 시간을 잰다

신대륙을 나는
마법의 도시라고 부른다

오대양 육대주를 항해하고
경제를 살찌우고 국력을 펼치는
희망의 도시이기 때문이다

수평선에 존재하는 도시
마법의 도시는
밤이 돼야 볼 수 있는 제한이 있다

청산도 정취

은물결 금물결 초록물결 누벼놓은
돌고 돌아가는 청산도 바닷길
물결 따라 흔들리며 청보리밭 이는 바람
유유자적 고갯마루 오르고 나면
돌담을 두른 다랭이밭 유채꽃이
이율배반 청산이라고 판소리 한소절하고
구들장 벼 논을 보고 서로서로 하는 인사
고생했소 고생했소
쌀 서 말이 눈물이던 보릿고개 설움을
담배 한 모금에 퉁 치고 만다
마을 길 사랑채엔 담쟁이 기어오르고
지붕까지 덮어놓는 이색풍경이
천년세월 내림해온 청산도 정취

외로움

동백나무 숲 사이
오솔길 걷다가
썰물 들어 등대섬 들어가 본다
등대는 홀로 외롭다고
지청구하고
파도소리에 귀기울인다

밀물 들어 길이 끊겨 오갈 수 없다기에
강박감에 짓눌려 성급하게도
급히 급히 되돌아 나오는데
자꾸만 뒤돌아보게 되는 건

동병상련

벽화문화

이별의 아픔인가
만남의 기쁨인가
저물녘 바람이 골목길을 지나간다

동피랑 우리들이야기
골목 안이 시끄럽다
자전거 바퀴살이 멈춘 채 달려가고

온종일 바다 새는
먹이를 쪼아대고
정거리 벽화거리엔 파도가 밀려든다

먹이사슬

운무 속 가려진 해
그늘을 벗어나면

바다는 멸치 떼 군무
흰 비늘 반짝이고

갈매기 굶주린 배
끼룩끼룩 칭얼대며

어선의 꽁지머리
쉼 없이 따라온다

정선공주

스무 해 짧은 인생 살아 온 정선공주
왕족으로 태어나 신분마저 홀대받고
바람둥이 지아비 천상으로 받들어
스스로 탓하기를 하늘에 떠가는 구름 한 조각
무소불위 권력도 딸 앞에서 무너졌구나
딸의 모습 측은하여 눈 못 감는 대왕태종
후왕에게 신신당부 유언을 남겼는데
스무 해가 되어서 정선공주 죽는 날
못난 오라버니 탓이라고 원망한 세종대왕
슬픈 눈물 하염없이 하염없이 흘렸다오

해국

연보라꽃 해국
파도소리 귀 기울이며
부서지는 포말 물끄러미 바라본다

이별 뒤의 흔적들
산산이 부서지고
바닷가 산허리에 해국이 피는 것은

가실 때 고이 가시고
서러움 잊으시라고
한허리 국화향기 피워주기 위함이다

포용의 세상

구만리 험한 길을
흘러흘러 가는 강물
세상에서 가장 낮은
바다로 가는데
바다는 포용의 세상
모든 것을 가슴으로 앉는다

강물이 일도창해
바다와 한 몸 되었으니
파도에 큰 뜻을 실어
수평선으로 떠나가면
세상은 보는 것보다
보지 못하는 것들이

더 크고 넓음을 알게 해준다

작은 정원

도시의 건물 사이로 아침 햇살이
아파트 베란다를 두드리면
작은 정원의 꽃들이 기상한다
지난 봄날 섬진강변 천 리 밖에서
작은 정원으로 이사 온 천리향
꽃 몽우리를 열고
지난가을 길가에 떨어졌던 씨앗이
베란다에서 생명을 잉태했다
산세베리아 화분에 세를 든 사랑초가
어깨를 기대어 염문을 뿌리고
창문 밖 장미는 넝쿨손으로 창살을 잡고
몸을 비트는데
염치없이 해와 달이 훔쳐보고 있다
작은 정원에 봄이 오면
섬진강 물소리를 들을 수 있고
해와 달 몰염치 볼 수 있고
생명을 잉태하는
향기가 있어서 좋다

제3부

동백꽃 지는 날

철부지로 겁 없는 세상 살아도 봤고
바보처럼 잘난 체하다 망신도 당해봤지
폭풍우 휘몰아칠 때 파도에 떠밀려서
난파선을 붙잡고 여기까지 살아왔는데
살다 보니 알겠더라 인생이라는 걸

시인이란

시인은
볼 수도 만질 수도 없는 생각을
그려내는 화가이고

시인은
생각을 보고 만져가며
마음을 만드는 조각가이다

시인은
생각과 마음을 가슴으로 들으며
기쁜 일에는 장조의 희곡을
슬픈 일에는 단조의 서곡을
오선지에 그려내는 음악가이다

시인은 만인의 하인이다
시인이 그려낸 생각
시인이 조각한 마음
시인이 작곡한 노래를
만인의 비평에 비틀거리며
머슴 노릇을 하기 때문이다

늙은 음 피아노소리

소리도 늙으면 둔탁하고 낡은 소리를 낸다
피아노엔 늙은 음이 있다
결혼행진곡으로 쓰이는 바그너의 '혼례의 합창'이 대표적인데
오페라 '로엔그린 3막'에서 아름다운 여인이
피아노 곡조에 맞춰 이별했기 때문이다
늙은 음 소리는 이별과 죽음, 슬플 때 내는 소리이다

신랑신부 입장, 사회자의 말에
리듬 있고 격조 있는 피아노 소리가 예식장에 울린다
멘델스존의 '결혼 행진곡'인데 젊은 소리의 대표라 할 수 있다
소리는
우리의 선택에 따라 젊은 음과 늙은 음으로 구별된다
희망과 비련을 양비적으로 선택하는
방식에 있어서 차이이기 때문이다

달빛이 빛을 잃을 때

정월 대보름 아침
하루의 시작은 귀밝이술이었다
"야야 봐라, 펄떡 이리 오거라. 귀밝이술, 알지?"
"귀밝이술? 그런 것이 다 있습니까?"
"무식하긴, 정월 보름날 마시는 음복주 말이다"
세시풍속으로 귀가 밝아지고
기쁜 소리만 들으라고 마시는 귀밝이술
학창시절 아르바이트를 할 때 처음 알게 되었다

한 입 베어 문 초승달 만월이 되듯이
새댁은 달이 차서 만삭이었는데
정월 대보름날
귀밝이술이 술을 불러 만삭이 아빠
흰 눈 내리는 겨울밤에 귀가하지 못했다

새댁은 만삭이 된 배 어루만지고
청사초롱 불 밝히고
신랑이 오기를 기다리다가
가는 귀 들릴 때마다 창문을 열어보면
소복 입은 눈 발목까지 차올라
근심 걱정뿐

"야야 봐라. 펄떡 이리 오거라, 귀밝이술이라는 거 알지?"
잡힐 듯이 가까이에서 들리는 음성
세월이 흘렀음에도
정월 보름이 되면 귀밝이술이 남긴 상흔이
구름에 달 가리어
나는 달빛을 잃어버린다

통일전망대 가는 길

진부령 고갯마루
올라서니 잿빛 하늘
창밖엔 싸락눈 총알처럼 쏟아지고
북으로 단지 팔십 리 왔는데
북녘 동포의 한 맺힌 설움
여기 진부령 고갯마루에서
통곡하다가 눈이 되었나 봅니다
착잡한 시선이 창밖에 머무는데
'알함부라의 회상' 잔잔한 멜로디가
헝클어진 마음 다독여줍니다
북으로 갈수록 다가갈수록
파도의 숨결이 거칠어지고
매몰찬 바닷바람이 숨이 막힙니다
강원도 고성군 통일전망대
금강산 일만이천 봉 눈앞에 그려지고
구선봉아래 선녀와 나무꾼의 전설을
함께 이야기하는 세상
한민족은 하나, 통일 대한민국
북녘땅 바라보며 빈 소망이었습니다

블로그

나에게도 방이 하나 생겼습니다.
마음껏 뛰놀고 이야기하며 그림을 그릴 수 있는 방입니다
창문가로 책상과 의자를 놓고
책상에는 컴퓨터를 놓았습니다
그리고 매일매일 시를 씁니다
내 방의 도배지는 시를 사용합니다
매일매일 시를 써서 붙이겠습니다
그리고 장판은
모노륨에 그림을 그려서
깔아 놓겠습니다
내 방을 예쁘게 꾸미고
매일매일 시를 쓰고
그림을 그리면서
팔로우님과 인사를 나누겠습니다
저는 누구든 제방에 자주 놀러 오시길 희망합니다
우리 아름다운 이야기 함께 나눠요
내 블로그에서,

물안개 피는 강변

물안개 자욱하게 강가에 피어올라
수변을 적시면
나룻배 사공은 그물을 당긴다
굽이굽이 강물은 흘러
물새가 따라 날고

버들가지 휘감은 물안개
갈대숲에 맺힌 영롱한 이슬방울들
강나루 건너 아침 햇살이 다가와
앞산 너머로 밀어내면

뱃사공 집으로 가는 길목엔
연록의 싱그러운 봄이
청연하게 수를 놓는다

허욕

하늘 높이 나르는 도요새 어떤 세상을 볼까
높이 오를수록 광야 본다고 한다
우주의 광야 그곳에는
이상과 희망이 있을 것이다

사람들이
높이만 오르려고 하는 것이,
도요새가 되기 위함인가,
우주를 동경하기 위함인가,
아니라면

뜻도 없고 의지도 없이
높은 자리를 탐하는 것은
허욕의 과대망상
내 눈에 낀 들보이겠지

살다 보니 알겠더라(노랫말)

살다 보니 알겠더라 인생이라는 걸
살다 보니 알겠더라 사는 이유가 뭔지
철부지로 겁 없는 세상 살아도 봤고
바보처럼 잘난체하다 망신도 당해봤지
폭풍우 휘몰아칠 때 파도에 떠밀려서
난파선을 붙잡고 여기까지 살아왔는데
살다 보니 알겠더라 인생이라는 걸
강물처럼 흘러가는 상선약수라는 것을
살다 보면 알겠더라 사는 이유가 뭔지
세상의 제일은 사랑, 소망, 믿음이라는 것을

등대의 전설

등 푸른 고래가 바다 위를 유영한다
고기떼들 멀리 달아나고
등대 불빛 속으로 미끄러져 간다
밤하늘 은하수 강물처럼 흐르고
파도를 훠치는 물비늘 반짝이면
오대양을 돌고 돌아온 재무제표를
항구에 내려놓는다
사시사철 궁금한 사연에 잠 못 드는 등대,
황소 눈을 습관처럼 깜빡이다가
아침 해가 떠오르면 비로소
무거운 눈꺼풀을 덮는다
서쪽 하늘로 달이 넘어가고
산산이 파도가 부서지면
등대 품에 갈매기 모여들었다
숙명처럼 나침판이 되어
길잡이가 된 출생의 비밀
북쪽 하늘 점하나 찍어놓은 북극성 닮았다
불철주야 점하나 찍어놓고 소식을 전하는데
해무 짙게 깔리는 날엔
애써 눈물을 감추려고
큰 소리로 운다는 전설이 전해져온다

고래고기통조림

　어린 시절 아버진 석 달 열흘 만에 집으로 돌아오셨다 열흘
쯤 머물다가 또다시 집을 나가시고 어머닌 별말을 하지 않는
집안 분위기 나는 그런 아버지가 낯설어 보였다 그런데 아버지
가 오실 때는 언제나 큰 상자를 손에 들고 오셨다 가족을 생각
하는 마음에서 열두 가지 고기 맛을 내는 고래고기 통조림이었
다 어머니는 종갓집 큰며느리로 시집왔고 고된 시집살이로 내
게 돌아오는 몫은 언제나 국물뿐이었다 어느 날 나는 어머니
몰래 할머니 고기를 훔쳐 먹었다 깡통 속으로 바다가 펼쳐지고
비릿하게 바닷물이 출렁거리고 흰긴수염고래가 헤엄치는 것을
보았다 시집살이에 어머닌 부뚜막에서 누룽지를 긁다가 갯벌
로 나가시고 조개와 소라를 주웠다 나는 어머니 곁에서 불가사
리를 가지고 놀았다 밤하늘에 뜬 별을 보는 듯했다 별은 어머
니의 희망이었다 아버지의 빈자리를 별이 채워주었기 때문이
다 아버진 포경선을 타고 먼 바다로 나가시고 망망대해에서 가
족을 그리워하며 수많은 별을 땄다고 한다 그래서 별이 바다에
뜨는 날이면 어머니도 하늘의 별을 따서 담았다 내가 아버질
그리워하며 잠자리에 들 때마다 어머니가 캐온 소라에서 뱃고
동소리 들려왔다 그럴 때마다 나는 큰사람이 되라고 하시는 아
버지 말씀이 귀에 선하여 호롱불을 켜놓고 책을 읽었다 호롱불
은 고래기름을 먹고 심지를 키우면 아버지가 잡은 고래처럼 꼬
리를 흔들었다

이젠 세월은 호시절이 되었고 문명의 혜택에 전기를 사용한
다 그 옛날 호롱불이 지금의 백열등보다 더 밝게 느껴지는 것
은 고래의 귀항을 간곡하게 기다리는 마음일 것이다 이젠 아버
지 주름살은 깊어지고 포구에 웅크리고 앉아 먼바다를 바라보
고 계신다 고래가 그리워서일 것이다 흰긴수염고래 혹등고래
흰돌고래 향고래 같은 고래를……
　고래가 떠나고 나니 마트에는 고래고기 통조림이 없다 언제
쯤 되어야 그 옛날 통조림을 맛보게 될지 항구에서 출항하는
포경선이 보고 싶다

명징한 울림

울릉에서 유람선을 타고
독도 가는 날
꿈을 꾸던 그리움 현실로 다가오듯
은빛 파도가 잔잔하게 일렁였다
그날은 전우와 함께라서 더욱 좋았다
서로가 서로를 마주 보는 건
사랑하는 마음이려니
유람선에 내려 땅을 지려밟으니
동도와 서도가 사랑을 하고 있다
오롯이 서 있는 모습 옹골차다
한민족의 기상이려니
높은 파도 험한 풍랑 거센 태풍에도
꿈쩍하지 않고 있다
대한의 땅 독도, 신비하고 고결한 기풍이
돌비알에서 샘솟는다
그럼에도 때때로
흙빛 석양빛으로 그늘이 지기도 하는데
게다 신는 사람들 자기네 땅이라고
떼를 쓰고 망동하는 볼멘소리에
자존 못하는 백성의 한근심이었다
까마중 방가리똥이 피어나는 봄날

빨간우체통이 매달린 섬괴불나무 가지에서
만백성의 명징한 울림을 위하여
바다제비는
청새치 힘찬 물살을 헤치고
울릉으로 서울로 연서를 보낸다
배달부가 떠난 뒤에 어둠이 찾아들면
국태민안 소식올까 전전긍긍
칭얼대는 파도 소리 귀 기울이며
말없이 달빛 속으로
가부좌를 틀고 돌아앉는 독도

우리 동네 재개발 1

언제나 너저분한 사연들이 퀘퀘했다
재개발지역엔,
달력이 한 장씩 뜯겨나갈 때마다 부동산값이 뛰어오르고
손톱만한 땅이 손바닥만 한 집을 넘봤다
이제나저제나 밋밋하던 시간이 흐르고 나서
내림내림 살아 온 집들이 불안해졌다
재개발조합사무실에 귀부인 조감도가 걸렸기 때문이다
길 다란 골목길을 마주하고
자빠질 듯 배를 까발린 돌담 용마루가
기어오른 담쟁이 움켜쥐었다
떠나보내기 싫은 모습 처연하였다
서민들의 쉼터가 되었던 뒷골목엔
어느 세월 노숙인 방광을 비틀어 짜고
거센 오줌발로 구멍을 후벼 파고 궁따다 궁따다
무슨 생각에 이 구멍 저 구멍을 심술궂게 후벼놓았을까?
골목길을 돌아다녔던 바람이 궁금하여 통반장 집을 수소문하면
양철대문 삐끄덕 미는 소리에 졸음 겨운 복실이
살랑살랑 꼬리 흔드는 정겨움 있는 우리 동네
시나브로 시간은 귀부인 주변에 모여들고
이해득실 주판알이 이전투구하면
오랜 세월 폭삭은 정마저 매몰차지고

자본의 지배에 쫓겨나는 원주민은
먼 훗날이 되어서 고향 찾아보는
망향의 아픔을 옹알이하겠지,

우리 동네 재개발 2

퉤퉤, 빛 좋은 개살구
자본에 시달리는 원주민 한숨이 골목길을 맴돈다
선대의 가옥을 보존하려는 몸부림들
재개발 조감도가 저승사자로 보일 수밖에
평생을 같이해온 전봇대가 묵묵부답인 것을 보면
그들의 애환을 듣고 있는 듯 보였다
'연탄배달, 전월세, 옷수선, 집수리'
전화번호 내깔린 광고물 덕지덕지 붙여 귀찮아도
무표정한 모습이 그러하다
포클레인 굉음소리 듣게 되는 날
재개발 애환은 뒤안길로 사라지고
기구한 운명이라고 자책을 하겠지,
맑은 태양이 비에 젖기도 하는 우리 동네
시커멓게 타들어 가는 원주민 가슴앓이가
남 일처럼 보이지 않는 것이 가슴 아프다

방황변이

문명의 발전과 동시 상수로 증가하는 방황변이
물뱀을 잡아먹었다는 청개구리 기사가 충격을 준다
뱀과 개구리는 천적먹이사슬, 개구리는 뱀의 슬하
해 그림자 여우꼬리처럼 길게 늘어뜨리는 해질녘
허기진 물뱀 눈에 청개구리 들어왔다
긴 혀를 날름날름 타깃을 겨눔하고
비늘을 곤추세운 물뱀이 개구리 물었다
청개구리 동공은 왕구슬처럼 튀어나오고
옥죄인 울음주머닌 거품을 내 품었다
시간이 지나고 뱀의 몸엔 청개구리 독이 퍼지고
뱀의 방식대로 청개구린 왕눈을 다시 뜨고
하늘과 땅을 재듯 입을 크게 벌려
머리부터 물고 삼킨다
구경꾼들 경악을 하고
저녁 뉴스에 토픽으로 보도되고
호주대륙이 시끄러웠다
오래된 상식이 낡은 학설이 되는 기이한 현상
또 다른 방황변이가 우리에게 어떤 충격으로 다가올지
우려하는 시간이 현재진행형이다

하양나비가 소복 차림으로 날아든 이유

하양나비 한 마리가 나른한 오후 졸음이 겨운데
소복차림으로 사무실에 날아들어
머리 위를 빙빙 책상 위를 빙빙 천장을 빙빙 돌다가
힘에 겨운 듯 앉을 곳을 찾는데
하필이면 벽에 걸어놓은 시화를 앉으려다가
미끄러지고 미끄러지고 또 미끄러지다가 마침내 앉았는데
'후회'란 시화를 걸어놓은 우거진 수풀이었다
나비에겐 면벽에 앉은 시간이 긴 휴식이 되고
미끄러지면서 시화를 읽으려고 날개를 펄럭이는데
뒤늦게 찾아와 후회하는 마음 같았다
힘겨워하는 나비를 위해
짠한 생각에 책갈피를 받쳐주자
나비가 살포시 내려앉는다
미생이 되어 출구를 못 찾는 나비를 위해
창문을 열고 훨훨 날려 보내주었다
하양나비가 소복차림으로 날아든 이유는
'후회'의 시를 고쳐쓰기 위해서였다

한숨 소리

음력 사월 삼 일,
아버지 운명하셨다
형들이나 누이는 부랴부랴 달려가 임종을 지켜봤는데
나는 멀리 일을 나간 핑계 아닌 핑계로 변명했다
뒤늦게 후회를 하고 오늘
앞산 너머 아버지 산소 찾아가는 길
칡넝쿨 다래 넝쿨 진득찰아재비와 도깨비바늘이
무성하게 얽히고설켜 길을 묻었다
밭두렁에 감나무는 잎새를 모두 떨구고
붉은 홍시 하나 까치밥으로 남겨놓았는데
그 모습 예전 같지 않음에 쓸쓸함이 다가왔다
제철을 잊은 아지랑이는
지워진 오솔길 너머에서 피어나고
무정하게도 아버진 홀로
벌거숭이로 누워 계셨다
황망하게 찬 바람이 불어오고
후회의 한숨 소리 산그늘을 따라서
산마루를 넘는다

동백꽃 지는 날

사월이 오니 동백꽃이 진다
여기저기서 예리한 칼날에 목이 잘린 듯
수급(首級)처럼 떨어진다
해운대 동백섬에도 선운사 뒤뜰에도
칠백의총 사당에도
선홍빛으로 동백꽃이 진다
여섯 번이나 피었다 지고
또 한 번 피고 졌다. 붉은 석양빛으로,
동백꽃 필 때마다 나는
동백꽃의 전설을 기억한다
충신을 그리는 그리움으로
왜적과 싸우다가 장렬하게 산화한
임진4충신
곽재우 고경명 김천일 조헌
길이길이 이어지는 억겁의 추앙이
그리움이 되어 전설을 낳고
무덤에서 피어나는 동백꽃이 되었다
한이 깊어 겨울이 와야 꽃이 피고
봄을 보내고 나서 꽃잎 떨구는
그날의 공포처럼
4월이 되면 목이 똑똑 잘려나간다

동백꽃이 지는 날에는 석양빛이
가슴속으로 붉게 타오르는 것은
충신의 넋을 받드는 마음의 빛이
아직도 남아있기 때문이다

구월의 소리

구월이 되면
더위는 한 걸음 뒷걸음질 치고 소슬바람이 분다
계절의 겉모습은 싱싱해도
햇살 빠진 구멍 뚫린 가슴에는
쓸쓸함 외로움 그리움이 낟알처럼 차오른다
소슬한 소슬바람에 이끌린 시간들
우레를 치고 지나간 들길마다
바람의 이야기를 뿌려놓았다
초가지붕 위로 저녁연기 솟고
검은 밤 별들이 들녘으로 쏟아져 내리면
개밥바라기 속삭임 소리 들려오고
오래된 예쁜 추억들 되새김질하여
밀물처럼 공허한 가슴을 채우는 구월
빈 가슴은 방랑자가 된다
길을 떠나고 나면
산노루 꼬리처럼 짧은 햇살에 들녘이 꾸벅꾸벅 졸고
소슬바람 머무는 논배미마다
한철 뛰노는 메뚜기 볏잎 갉아먹는 소리
볏 알 익어가는 알알한 풍요의 합주를
말매미가 사라진 후 들을 수 있어서 좋다
잔잔한 울림의 소리
구월의 소리를 듣는다

봄 마중

강변길 따라가다 양수리에서
토방에 앉아 북한강을 바라본다
지난여름 강변길을 폐허로 만들었던
수마가 본심을 감추고 흐른다
멈춘 듯이 흐르고 흐르면서 출렁이는 물결이
거슬러 오르는 연어의 물비늘처럼 반짝였다
한 무리 햇살이 강 언덕에 머물고
양지 뜰에서 깊은 잠에 빠진 개나리꽃
봄이 왔다는 속달 편지를 받고서
노란 꽃잎을 물고 나왔다
물총새는 총알처럼 수풀 속을 들락거리고
포만감에 즐거운 비명을 지를 때마다
수양버들 한들한들 춤을 춘다
버들강아지 한 마리 긴 꼬리 곧추세우고
남실바람 불어올 때면 꼬리를 흔들어
봄 마중을 하고 있다

제4부

당신이 그리워지면

자식의 시종이 된 어머니
혹서에 마른 먼지 날리는 아프리카 초원에서
짐승을 사냥하는 라이온킹처럼
가족을 위한 희생이 전부였다

저녁 밥상 고등어구이

저녁 밥상에 오른 고등어구이
날렵한 유영의 몸매가 매끈해 보였다
한 시절 그도 오대양을 누비며
무한트랙을 질주하였으리라
우주 만물에는 질서가 있는 법
약육강식 먹이사슬이 그러한 법칙인데
슬하들은 불공평하다고 억울해할 수 있지만
어찌하겠어,
전지전능하신 조물주가 창조한 세상인데,
고등어는 덫에 걸리는 순간 생각했을 것이다
재수가 옴 붙었다고,
우리 인간 세상에도 살다 보면
허구한 날 많은 일 중 하나가 그런 것들이라
유구무언,
시린 바닷물에 얼룩진 푸른 등은
흰 구름 사이로 보이는 청명 하늘이고
물살에 씻긴 하얀 배는
은하수 건너는 은은한 달빛이었다
그런 그가 밥상에 누워
배알이 속내 다 빼주고
심해를 부라리던 동공이

희멀건히 인간들 젓가락질을 흘겨보고 있다
인간 세상의 먹이사슬로
밥상 위에서 사라지는 그도 한 시절
먹이를 슬하에 두고 포효한 적 있으리라
고등어구이 젓가락질이
멀리 보이는 신기루처럼 보이는 것은
세상에는 운(運)이라고 하는 신기루에 의해
성공하는 일들이 많기 때문이다

칸첸중가 소년

설산이 녹아내린 호수에 칸첸중가 소년이 물놀이한다
입고 있는 구명조끼는
패트병을 재활용한 최저가 신제품
그런 아이가 열한 살이 되었고
히말라야에 뼈를 묻은 가장(家長)이 되었다
공사장이 있는 설산으로
철근을 지고 나르는데
힘들지 않냐고 물어보면
천진난만한 미소로 대답하고
낭창낭창한 구름다리를 건널 때면
옴마니 반메훔 옴마니 반메훔
신의 가호가 있기를 기원했다
소년이 짊어진 생의 무게는
닳아 떨어진 구멍 난 운동화였다
칸첸중가에는
바람의 미소를 짊어진 열한 살 소년이
공사장에 철근을 지고 나르는데
그날 그 소년의 보여준 미소는
히말라야 설산 칸첸중가에 있는
큰 바위 얼굴이었다

선생질이나 하지

내가 대학을 졸업할 때만 해도
살다 살다 할 짓이 없으면 선생질이나 하지
그렇게 선생님을 질(質)이라고 하찮은 단어를 써가며
값어치 없는 사람으로 평가했습니다
그런데 작금의 현실은 어떤가요?
선생님 직업은 하늘에서 별을 따는 귀한 직업입니다
엿장수 마음대로 되지 않기 때문이죠
직업은 귀하고 천한 것이 없다고
학창시절 내내 윤리교육을 받아서
성인이 되고 지천명이 된 나이에도
불변의 진리로 믿고 여겼습니다
그런데 과대망상증에 걸린 사람들
교육자의 본분을 다하지 못하고
아직까지 선생질이나 해 먹기도 합니다
올바른 인성을 가르쳐야 하는데
참교육이 멀어진 현실이 있기에 안타깝습니다
교육은 백년대계 나라의 근본이 되어야 하는데,

어머니는 라이온 킹

평생을 져야 했던 등짐은 천근만근이었다
산수가 지나고 굴곡진 세월이
낙타 등이 되었고
그런데도 또 천근의 사랑을 머리에 이고
자식의 시종이 된 어머니
혹서에 마른 먼지 날리는 아프리카 초원에서
짐승을 사냥하는 라이온킹처럼
가족을 위한 희생이 전부였다
그거뿐이랴
솥쩍다 솥쩍다 소쩍새 울던 시절엔
흰쌀밥 먹어보는 것이 소원이었지만
시집살이에 허기를 맹물로 채우시고
중국산 불량식품이 법석을 떨었을 땐
가족건강 챙기겠다고
곡괭이로 손수 땅을 파 푸성귀를 키운 어머니
굶주린 새끼들이 가엾어
혹서의 초원에서 전력 질주하는 라이온킹처럼
어머니 삶은 그러하셨다

나의 집(포은아파트)

경수대로 서울 가는 길 지지대고개를 넘으면
고속화도로가 동서로 가로질러 뻗어가고(과천-평택간도로)
임향한 일편단심 충정을 바친 선비
고려의 한 선죽교에 핏빛으로 남겨놓고
여기 의왕 땅 왕곡리에 이름을 하사하다
보라, 지나는 길손들아!
여기 포은 정몽주의 넋이 서려 있음을
아침 태양 솟아오를 때마다 곧은 절개가
백운산 정기로 용트림을 하는
나의 집
포은아파트

김씨 아저씨의 하루

개인택시를 하는 김씨 아저씨의 하루는
그가 점지한 경주마에 의해 운명이 결정된다
경주마는 트랙을 도는 말이 아니다
김씨에게는 그가 믿는 구세주였다
오늘 하루도 개인택시는 노상주차장에 맡긴 채
경마장으로 가서 마권을 산다
그가 산 욕망은 트랙을 몇 바퀴 돌았고
일진이 나빠서일까,
신의 믿음이 부족해서일까,
함성이 드리웠던 안개가 걷히고 나니
일확천금의 꿈은 헛된 욕망이었다
어둑어둑 저녁이 되어서 김씨아저씨
하늘이 주인 없는 별들을 뿌려 놓을 때
개인택시를 몰고 집으로 가는데
오늘 하루도 유성이 지나가듯
꿈의 허상을 보았지만
꿈은 꿈꾸는 것이라 믿기에
허상을 또 꿈이라 여기는
김씨 아저씨의 하루에 애증이 간다

오락가락 뛰는 꼴뚜기

무더위가 한여름 끝자락을 넘어갈 즈음
소낙비조차 오락가락하는 날이었다

오락가락한다는 건
쓸개 빠진 사람의 지조 없음일 것이다

아파트 장마당 주말 장터에도
위계질서가 있듯이
우주 만물에는 규율과 질서가 있는 법

어물전 망신은 꼴뚜기가 시킨다고
시장바닥을 꼴뚜기가 뛰어다녀서
한바탕 소란 일었다

시장 사람들
생업의 무거운 짐이 어깨를 짓누르는데
꼴뚜기 때문에 민낯이 드러나서
어처구니없어 괴로워해야 했다
그런 감정이 내 가슴에도 강물이 되어 흘렀다

우중산행

비가 내린다는 예보에도
인생2막 삶의 고뇌가 산으로 부른다
오부 능선 오를 때쯤 비가 내리고
흙먼지가 빗물을 빨아들인다
산사의 풍경소리가
빗줄기에 산으로 거슬러 오르고
그 소리에 은인자중 마음이 눅눅해진다
소낙비는 계곡으로 흘러내리고
마음의 들보 위에 쌓여있는 욕망을
말끔하게 쓸어준다
성근 체에 헝클어진 생각을 걸러내고
오랜 집착을 놓아버리니
산이 포옹해주는 편안함
자연의 순리에 동화되는 순수한 마음이
우중산행에서 얻은 큰 행복이었다

궁평항에서

겨울이 깊어가는 12월
찬바람에 허한 기운이
살이 통통 기름 찰진 방어회를 부른다
자동차로 달려서 궁평항으로 갔다
이십 리길 화성 방조제를 달리는데
썰물 들고 물이 빠진 갯벌은
어선마다 배를 깔고 뉘어
갈매기와 함께 한가롭게 졸고 있다
수산물센터로 가서
방어회 연어회 말린 꼴뚜기를 사고
역순으로 화성 방조제를 지나 집으로 오는데
바다 너머로 드리운 석양빛이 황홀하기 그지없어
또 다른 인생의 단막을 보는 듯했다
십이월의 궁평항 겨울 바다는
인생은 석양처럼 아름다워야 하는 이상을
꿈꾸게 해 준 아름다운 길이었다

온정

학창시절 도서세일즈 할 때에
무심코 다가구주택에 들어섰다가
꼬리를 흔들며 반기는 강아지 보았다
개밥 한번 준 적이 없는 낯선 사람에게
살갑기가 그지없었다
사부락 소리에 주인어른 방문을 열고
밖이 찬데 안으로 들어오라 한다
가타부타 용건도 묻지 않고 따뜻한 차를 내오는데
문득 타인을 배려하는 사려 깊은 마음이
내가 나를 되돌아보게 하고
살면서 단 한 번이라도 온정을
베푼 적이 있었던가 반문하게 된다
온정을 베푸는 곳엔 모든 것이 아름답다
열심히 살라고 책을 사준 빈부의 어른
나에게 큰 희망이었다
아름다운 선행을 베풀어 준
빈부의 그윽한 눈빛이
내가 그 나이가 되었을 때
새록새록 피어나는 건 왜일까?

당신이 그리워지면(노랫말)

그대가 그리워 가만히 눈을 감으면
엊그제 함께했던 선명한 그 모습이
지난 삼십 년 세월로 그려집니다
그대는 가고 지금은 내 곁에 없어도
그대가 그리워질 때마다 나는
가만히 눈을 감고 당신을 생각합니다
봄 길마다 가로수 꽃비를 뿌려주고
태양처럼 온화함 항상 머물었듯이
가만히 눈을 감고 당신을 생각하면 그런 당신이
환한 미소로 언제나 내게로 달려오지요
그대가 그리워질 때마다 나는
조용히 눈을 감고 당신을 생각합니다

화양구곡(華陽九曲) 연작시

〈화양동〉

꽃피는 오월에 화양구곡 둘러보니

햇살이 강물 위로 모래알처럼 반짝이고

계곡의 기암절벽이 무이구곡 닮았도다

송우암이 파천하여 화양동에 은거하니

월류봉 고향산천 그리움도 만월이고

대명천지 숭정일월* 중화문화 꽃이핀다

* 대명천지숭정일월: 임지왜란의 동맹으로 의리와 명분에 따른
  명을 숭상하고 청을 배척하는 사상

〈경천벽 擎天壁〉

강가로 내려서서
경천벽을 바라보니
동바리 돌기둥이 하늘을 떠받치고
경천벽 크레바스마다
괴이한 푸른 소나무
오뉴월 태양처럼 계절을 잊고 있다

경천벽이 울타리를 치고
송우암이 말하기를
안으로는 중화문화(中華文化)
밖으로는 속세라 하여
속세가 궁금하여 노심초사 들여다보니
알 듯 모를 듯 물안개만 피고 진다

〈운영담 雲影潭〉

하늘가 뭉게구름
운영담 지나다가

깊은 못 맑은 물을
수경으로 착각하고

운영담을 들여보다가
물의 경계 불분명하여 담소에 빠진다

사람 또한 구름처럼
운영담이 거울인 듯

속마음을 비춰보며
티 없기를 바라는데

견물생심(見物生心) 수경 속에 비친 모습
파란 하늘 떠도는
흰 구름 같도다

〈읍궁암 泣弓巖〉

슬프도다 슬프도다
효종대왕 승하하심

오랑캐를 토벌하려고
북방정벌(北方征伐) 꿈꿨는데

천재일우(千載一遇) 기회마저 사라지니
백성이야 어찌하란 말인가?

승하하신 그날을 못 잊도다 못 잊도다
굽어 우는 탄식소리 천지사방 들려오고

님을 향한 충정은
흘리는 눈물일 뿐

멈추지 않는 슬픔이 바위를 뚫어
그날에 흘린 눈물이 흙빛으로 물들었네

〈금사담 金沙潭〉

깊은 못 맑은 물에
담소 속살 훤하니

심산궁곡(深山窮谷) 음양오행
조화로운 청량(淸凉)이리

주자의 중화문화가
금사담에 머물도다

송우암이 금사담에
암서재를 지어놓고

정갈한 마음으로
도학을 경전할 사

도학이 절로 저절로
널리널리 성하도다

〈첨성대 瞻星臺〉

첩첩이 층을 쌓은
바위층의 모양새가

천문을 관측하는
첨성대를 닮았도다

밤 깊어 어둠이 들면
별들이 반짝인다

어이타 속세 세계
한탄한 들 무슨 소용

송우암이 계시한 말
대명천지 숭정일월(大明天地 崇禎日月)

깊은 밤 채운사로
풍경소리 은은하다

〈능운대 *凌雲臺*〉

파아란 하늘가로
뭉게구름 몰려들어

시냇물을 밟고 서서
채운사를 바라보니

능운대 지나면서 구름이 흩어지고

채운사 법당에서 가부좌 틀고 앉아
또다시 능운대 바라보니

이름에 걸 쌈 맞게
떠가는 뭉게구름이 솟대에 걸리었다

구름이 흩어지고 어둠이 찾아들면
흐르는 물소리 듣는 능운대엔
초저녁 밤 깊어진다

〈와룡암 臥龍岩〉

저 멀리 도명산에
조각구름 걸리우면

소슬바람 잔잔하여
시냇물도 고요하다

눈감은 듯 졸음 들듯
누운 것이 용이런가

가슴에 새겨놓은
음각의 글씨체가

계곡에서 누워있는
와룡이라 하였거늘

시절이 하수상하여
누운 뜻을 어이 알게 되리

〈학소대 鶴巢臺〉

청솔나무 가지 위에
새 둥지를 틀어놓고

푸른 학이 내려앉아
새하얀 학알 품는구나

강물이 급물살 치는
열길 높은 벼랑 바위

휘모리 돌고 도는 회오리 물살
위험하다 접근금지 푯말 세우고

어느 누가 벼랑 끝
솔가지 올라서서

보름달 같은 새하얀 학 알
꺼내오려 하겠느뇨

〈파천 巴串〉

샛강 물이 구름 위로
굽이굽이 쉬이 돌면

앞산 너머 만산홍엽
강물에 배 띄운다

물길 따라 마음 따라
어수선한 세월도 흘러가고

너럭바위 주름에는
용비늘 반짝이는데

밤이 와서 강변으로
하얀 달빛 내려앉을 때면

섯거친 만고풍상이
고요 속에 잠든다

화양구곡 가사

무이산 무이구곡(武夷九曲) 주자의 길 도학을
속리산 화양동에 송우암이 옮겨놓고
구곡 중 제일 곡을 경천벽야(擎天壁也) 이름하고
중화(中華)와 속세(俗世)라고 경계를 그어놓네
화양천에 내려서서 경천벽을 바라보니
높이 솟은 산줄기가 푸른 하늘 떠받치고
바위틈 소나무들 푸르름이 한창여서
땅인지 하늘인지 어렵사리 분간타만
안으로는 중화문화(中華文化) 밖으로는 속세인데
속세만을 굽어보니 안개만이 자욱하다

구곡 중에 제이 곡을 운영담야(雲影潭也) 했거늘
구름의 그림자가 맑은 못에 비친 모습
돋을 볕에 삿갓구름 명지바람 타고 와서
옷맵시를 고치려고 갓끈을 풀었는데
먼저 와서 드러누운 산 그림자 방해꾼에
주섬주섬 저고리 입고 고무신을 신는다
아침 해는 구름 속을 잠겼다 벗어나고
속세의 변덕스런 마음을 묻노라니
공자가 답하기를 종심(從心)이 소욕(所欲)이라
운영담의 그림자로 묻는 심경 말해주네

젊은 나이 승하하신 효종대왕 슬퍼하며
새벽마다 읍궁으로 통곡을 하였는데
떨어지는 눈물방울 반석 위를 뚫어놓네
오랑캐를 쳐내려고 북방정벌(北方征伐) 꿈꿨는데
못 이룬 대왕 꿈에 등허리가 휘어지게
굽어 울고 울었던 곳 눈물반석 읍궁암(泣弓巖)아
슬프도다 슬프도다 효종대왕 승하하심
천재일우(千載一遇) 놓쳤으니 백성인들 어찌하랴
승하한 날 못 잊도다 백성들의 탄식소리
님을 향한 충정으로 굽어보는 한양 땅

계곡물 맑은 못에 흰모래가 흰이하다
심산궁곡(深山窮谷) 음양오행 조화로운 청량(淸涼)이리
반석 위에 집을 짓고 암서재라 이름하고
금사담(金沙潭) 새벽 물로 정화수(井華水) 떠놓고서
깨끗이 몸을 씻고 정갈하게 수양할 사
학문이 절로절로 널리널리 성하도다
어찌하여 계곡물은 그리도 맑다 하리오
깨끗한 모래알이 사금처럼 반짝인다
우암이 금사담을 고집하며 머문 뜻을
심상으로 들여 봐야 그 속내 알만하다

첩첩하게 층을 쌓은 바윗돌의 모양새가
천문을 관측하는 첨성대(瞻星臺)를 뜻하노라
천문의 우주세계 명분중시 선비사상

재조지은(再造之恩) 보은코자 비례부동(非禮不動) 하였건만
역사는 이를 두고 추수주의(追隨主義) 말하는데
의리와 명분이란 목숨보다 중하기에
대명천지 숭정일월(大明天地 崇禎日月) 중화문화 피워놓네
저 산 아래 채운사에 풍경소리 은은하면
굽이굽이 비단 물결 황해로 흘러가고
하늘 깊은 첨성대엔 북극성이 반짝인다

채운사에 구름 들어 강변으로 내려서니
솟대처럼 우뚝하게 큰 바위가 솟아있네
물가에서 노는 아이 장다리 키 아홉 곱절
반석 위에 자리 눕고 하늘가를 올려보니
흩어지는 구름이 바위처럼 생겼기에
그 모습 이름하야 능운대(凌雲臺)라 하였으랴
구름인들 채운사를 쉬이 올 수 있겠는가
구름에 채색되는 단청 모습 보고파서
절을 찾는 중생들의 발걸음은 바쁜데
능운대는 중생 마음 새침 떼고 몰라하네

저어 멀리 도명산에 조각구름 걸려있고
소슬바람 잔잔하여 시냇물도 고요하다
눈감은 듯 졸음 들 듯 누운 것이 용이련가
몸통에 새겨놓은 와룡암(瓦龍巖)의 암각체가
제칠 곡에 누워있는 와룡이라 하였거늘
어수선한 세월 속에 누운 뜻을 어찌알까

화양천의 계곡물은 세월을 한탄하랴
돌을 깎는 고통으로 소리 내며 우는데
와룡은 환한 세상 화명을 보고 싶어
승천 않는 깊은 뜻을 선비들은 모르는가

벼랑 위 솔 나무에 둥지를 틀어놓고
푸른 학이 내려앉아 갈색 알을 품는구나
청학이 모여 사는 벼랑 위의 하늘마을
학명지사(鶴鳴志士) 꿈꾸는 학소대(鶴巢臺)라 하였거늘
담장으로 둘러 처진 열길 높은 벼랑바위
소용돌이 급물살은 적색경보 접근금지
어느 누가 벼랑 끝 솔 나무 올라서서
반달 같은 새알 하나 꺼내려고 하겠느뇨
선비들이여 학(鶴)과 같은 고고함을 잊을소냐
민초들은 학수고대 학명지사 꿈을 꾼다

화양천이 구름 위로 굽이굽이 쉬이 돌면
앞산 너머 만산홍엽 강물 위로 배 띄운다
산뜻한 초사흘 태양 물결 위를 지나치면
너럭바위 흰 주름 반짝이는 물비늘들
물길 따라 마음 따라 세월은 흘러가고
용 가는 데 구름 가고 범 가는 데 바람간다
이름하여 파천(巴串)이라 화양계곡 아홉 구곡
강물은 달천으로 한양 거쳐 바다로 가고
밤이 오면 강변 위로 하얀 달빛 내려오고
섯거친 만고풍상(萬古風霜)이 고요 속에 잠든다

에필로그

만족할 줄 아는 사람은 가진 것이 비록 많지 않아도 즐거움이 있고, 만족할 줄 모르는 사람은 부유하고 귀함에도 근심이 끊이지 않는다.(知足者 貧賤亦樂 不知足者 富貴亦憂)

마이크로소프트의 빌게이츠 회장 어록에는 다음과 같은 말이 있다. 항상 좋아하는 일을 할 수 있는 것 그것이 행복이다. 좋아하는 일을 하면 성공은 자연스럽게 따라올 것이다. 또한 애플컴퓨터의 CEO 스티브 잡스도 행복이란 오직 자신이 원하는 일에 최선을 다하는 것이다 라고 말했다.

시인에게는 세 가지 기쁨이 있다고 한다. 그중 하나는 시를 쓰는 일이며, 둘째는 그동안 창작한 시들을 모아 퇴고를 거듭하여 상재하는 일이며, 셋째는 독자들이 저자의 글을 읽고 즐거움을 얻는 기쁨에 있다고 한다.

위의 문인삼락(文人三樂)으로 볼 때 저자는 공인으로서 자신이 좋아하는 일을 하고 있으니 행복한 사람이라고 역설적으로 말할 수도 있다. 하지만 시인이라고 해서 결코 행복함만 있는 것이 아님을 시간이 흐를수록 시력(詩歷)이 깊어질수록 새삼 느끼게 된다. 그것은 산출해낸 결과물에 대하여 리뷰(review) 해 본 결과 노력이 부족했다는 아쉬움이 있을 수 있고, 시의 내용이 독자들 관점에서 실망 또한 배제할 수 없기 때문이다.

시를 통해서 세상을 읽고 세상을 통해서 시를 쓰는 시인들은 과연 비빌 언덕이 어디에 있는가? 자신에게 묻는 심오한 질문이 될 테지만 그것은 자기성찰뿐이라는 생각을 하게 된다. 항상 자만에 빠지지 말며 겸손해하고 독자들이 문학에 관심을 갖게 하는 노력이 있어야 할 것이다. 일례의 한 방법으로 클리셰(Cliché) 깨트리기를 생각해 볼 수 있다. 클리셰는 진부하거나 틀에 박힌 생각 따위를 말하는데, 이것을 과감히 깨트리고 사물을 보는 시선을 겉모습이 아닌 사물의 내면세계를 꿰뚫어 볼 수 있는 영혼을 가슴속에 이식하는 자기개발이 아닐까 생각한다.

영혼이 있는 시를 써낸 시인들의 정신을 통찰해 보자.

미당 서정주 시인은 '국화 옆에서'란 한 편의 시를 쓰기 위해 3년이란 시간을 통해서 완성했으며, 조지훈 시인은 '승무'라는 작품을 1년 동안 구상을 하고 7개월이라는 시간을 거치고서 완성할 수 있었다고 한다. 그뿐만이 아니라 중국의 시성 두보(杜甫)는 시를 완성하기까지 한 구절 한 구절 수없이 많은 시간을 할애하여 반복적으로 퇴고를 하였고, 오랜 시간 시인의 가슴에서 숙성시키고 발효시킨 다음 마음 밖으로 표출했다고 하니 영혼이 있는 시인들의 정신이 놀랍지 아니한가!

이번 제5시집을 상재 하면서 왠지 예전만 못하다는 생각이 가슴을 짓누르고 있다. 같은 일을 하면서 다른 결과가 나오기를 기대하는 어리석음 때문일 것이다. 저자는 이젠 시력(詩歷) 11년 차의 중견 문인의 길을 가고 있다. 그동안 시집 4권과 수필집 2권 총 6권의 단행본과 다수의 시선집과 동인지 등을 출판하여 꾸준히 창작활동을 해 온 노력에 자긍심이 들기도 하지만, 저자를 대표할 만한 상징적인 시 한 편 없는 것을 아름다운 미생으로 가슴에 남겨둘 뿐이다.

무늬만 시인이 아닌 진정한 시인으로 발돋음 하겠다는 각오를 세워본다. 시 쓰기 훈련을 다시 해야겠다는 다짐이다. 클리셰를 깨트리고 다독(多讀) 다작(多作) 다상량(多想量)의 창작 연습을 꾸준히 하여 신선하고 독보적인 시어를 도출해 낼 수 있는 창의적 기틀을 세워야 하기 때문이다. 앞으로 지속적인 관심 가져 주시고 고귀한 충고와 조언을 빌어 마지않는다.

2021 辛丑年 새해 아침에

살다 보니 알겠더라

나광호 지음

발 행 처 · 도서출판 **청어**
발 행 인 · 이영철
영   업 · 이동호
홍   보 · 천성래
기   획 · 남기환
편   집 · 방세화
디 자 인 · 이수빈 ｜ 김영은
제작이사 · 공병한
인   쇄 · 두리터

등   록 · 1999년 5월 3일
(제321-3210000251001999000063호)

1판 1쇄 발행 · 2021년 3월 30일

주소 · 서울특별시 서초구 남부순환로 364길 8-15 동일빌딩 2층
대표전화 · 02-586-0477
팩시밀리 · 0303-0942-0478

홈페이지 · www.chungeobook.com
E-mail · ppi20@hanmail.net
ISBN · 979-11-5860-935-1(03810)